KB168739

명왕성 소녀

황금알 시인선 272

명왕성 소녀

초판발행일 | 2023년 8월 8일

지은이 | 신남영
펴낸곳 | 도서출판 황금알
펴낸이 | 金永馥
주간 | 김영탁
편집실장 | 조경숙
표지디자인 | 칼라박스
주소 | 03088 서울시 종로구 이화장2길 29-3, 104호(동숭동)
전화 | 02)2275-9171
팩스 | 02)2275-9172
이메일 | tibet21@hanmail.net
홈페이지 | http://goldegg21.com
출판등록 | 2003년 03월 26일(제300-2003-230호)

*이 도서는 한국출판문화산업진흥원의 '2023년 우수출판콘텐츠 제작 지원'
  사업 선정작입니다.

명왕성 소녀

신남영 시집

황금알

중머리를 넘지 못하는 나의 거문고는

아직도 진양조에 머물러 있다.

내가 닿지 못하는 짧은 산조의 끝에도

예인들의 독공의 시간이 담겨 있다.

천공天空의 소리를 엿보고 엿듣는 일은

그 극점의 무진강산으로 함께 들어가는 시간,

그것은 언어로 진세塵世를 건너가고자 하는

한 수행자修行者의 비망기備忘記인 것이다.

차 례

1부

3부

4부

1부

쇼팽을 듣는 밤

　비 내리는 밤, 죽은 피아니스트들의 이야기들이 허공에 솟았다 떨어진다. 젖은 하늘이 무거워지도록 별빛은 너무 먼 빛일까. 검붉은 꽃잎이 떨어지듯 달밤에 연서를 품은 말이 달리듯 닿지 못한 입술의 살에 마른 피가 맺히듯 가슴을 밟는 것은 건반 위에 쓴 그의 시들, 어두운 꿈길의 새벽을 지나 아침이 올 때까지 밤마다 마른 잎 같은 몸을 덮어준다. 녹턴을 사랑한 누군가도 이른 나이에 그를 따라 떠났지, 오늘 밤은 누구의 심장을 그의 제단에 올릴까.

기호의 기하학

개구리 같은 소녀가, 18, 저만의 시니피에를 던지고 간다. 난 두꺼비가 되어 잠시 소나기를 맞는다. 재잘거리는 그 애의 실핏줄에 푸른 맥이 흐른다. 개구리를 파충류로 알고 있던 소녀는 시는 개소리 같다고 불평한다. 아직 꺼내지도 못한 말들의 알쏭달쏭한 기호들이 독해를 기다리고 있다.

꿈속에서 필생의 합을 겨루는 그녀의 칼집엔 늘 내 칼이 꽂혀있다. 그녀는 연금술사처럼 언어의 칼을 벼리고 있다. 온전히 합을 이루지 못한 다면의 기호들이 푸른 잎으로 떨어진다. 시간을 거꾸로 갈 수 없는, 좀처럼 승부를 내지 못하는 나는, 새벽마다 날이 선 채 이슬에 젖어 돌아온다.

이미지로 말을 걸 수 있다고 믿는 그는 점점 독수리가 되어 간다. 아마도 그는 전생에 산정에 올라 추상抽象을 짓는 화인이었을 것이다. 드론에 실린 그의 눈으로, 나는 형상의 기호를 해석해 본다. 점은 선을 이루고 면은 공간의 프레임을 만든다. 때론 어설픈 말보다 한 컷의 눈이 불립문자를 이룬다 해도.

무녀舞女, 오디세이

네 날랜 몸놀림이 떨림을 줄 때
난 진공의 울림 공간에 있다

리듬을 타고 춤의 살을 빚는 넌
가장 빛나는 색으로 선을 쪼개어
표적 모를 화살을 쏜다

무수히 반복했을 동선의 조각들은
몸이 기억하는 흐름을 따라
몽환의 바다, 떠도는 물고기처럼 유영한다

나의 돛대는 부러지지는 않겠으나
휘어질 대로 휘어져 버린 기둥은
커다란 활이 되어 푸르러진다

허공에 박힌 화살엔
온몸을 새겨넣은 도도滔滔한 무늬
해독을 기다리는 염염焰焰한 문자들

난 분절된 소리의 말들을 붙잡아
빈 퍼즐을 맞춰보지만
무대는 이미 끝나고
뇌리를 파고드는, 귀를 막고 싶은
젊은 무녀의 검은 웃음소리

폴 타는 여자

사슴이 장대에 오르듯
광대가 줄을 타듯
너의 무대는 수직의 기둥

한 치의 주저함도 없이
폴에 물구나무를 서고
바람에 검은 머리채를 날린다

검객이 풀잎의 살을 가르듯
온몸으로 그려내는 역동의 곡선들
겹겹의 꽃이 피고 진다

얼마나 멍든 시간을
저 미완의 극점에서 보냈을까
폴은 새로운 깃발처럼
그녀를 기다린다

그녀는 지금 위험한 곡예로
무형의 입구를 향해 몸을 던진다

무대 위의 폴은 그녀를 안고
하늘이라도 오를 듯
전신을 바르르 떤다

그녀는 이제 한 마리 새인 양
허공의 물고기가 되어 춤을 춘다

너는 폴이 사랑하는 여자인가
그녀는 폴에 미친 폴미녀, 무대 위엔
누군가의 심장이 뒹굴고 있다

명왕성 소녀

늘 시차를 안고 살아야 하는
넌 어느 별에서 왔을까

끊어질 듯 이어지는 너의 메시지는
새벽을 건너온 지친 목소리로
무겁게 쓰러지고 만다

아마 처음으로 내게 건너온
너의 메시지는 박하향 나는
캔디맛 같은 것

잠시 스쳐 간 손길이라도
한때는 굳게 다짐했던 약속도
이제는 네가 멀어져 갈수록
허공에 사라지는 별빛이 되겠지

너는 이제 명왕성에 간다는 것일까
그곳은 너무 멀고도 추운 곳
적막한 흑암의 공간을 비행하듯

네 앞에 놓인 삶의 궤도는
또 어찌 그리 아득할 것인지

산다는 것이 따스한 빛과 물이 있는
저만의 숲길을 찾아가는 것이라면
눈과 얼음의 길을 지나
우리는 어느 먼 별에서라도
다시 만날 수 있을까

지금은 함께 갈 수 없다 해도
시간과 공간이 휘어버린 그런
행성 하나쯤 있다면

북 치는 소년

두둥, 소년은 북을 치며 때론 춤도 추며 신명을 타고 광대의 길을 나아간다. 두두둥, 역마처럼 바람의 깃을 잡고 제 안의 심장을 두들기는 장단을 따라 떠도는 제 몸의 길을 찾는다. 그곳이 어디든 가슴 뛰게 하는 무대라면 초원을 달리는 말처럼 너는 그렇게 달려가야 하지 않겠느냐. 두두둥 두두둥, 사는 것이 쓰디쓴 밥벌이가 된다 해도 눈물 젖은 빵의 맛을 알아갈 때가 있는 법, 그것이 저녁놀에 물든 구름을 안고 바람의 아들로 사는 것이라 해도 그 길이 몇 번의 생을 건너온 환생이라 해도 홀로 견뎌야 할 업이라면, 둥둥 두두둥, 쿵, 언젠가는 온몸을 울려 하늘의 끝에 닿아가야 하지 않겠느냐.

수련水蓮의 수련修鍊

연들이 푸른 잎 사이로 저마다 꽃등을 매달고
너른 잎마다 물방울 가부좌를 틀고 있다
햇빛경전을 외는 비구니들일까
한 줌의 먼 바람에도
맑은 향기를 본다 했지
난 산문山門에 든 여인처럼 합장한다
한 걸음 또 한 걸음
공양은, 연꽃 공양이 으뜸이라는데
수면에 미처 오르지도 못하고
폭우에 잠긴 저 어린 꽃봉오리는 어찌하나
아무래도 이번 생은 성불하기 어려운 게다
그 손목 붙잡아 끌어올리고 싶어지는
물속의 수련 한 송이

마른 발목이 보인다

비 오는 저녁
클라라 하스킬을 듣는다

단 한 번의 헛디딤으로
생을 건너가 버린 피아니스트
난 그녀의 낭떠러지를 가본 적 없으니

그녀가 들려주는 모차르트는
영혼을 잠시 맡겨놓은 자신의 흑백 사진처럼
빛과 어둠의 곡선들로 오래도록 흔들린다

그리 굽어버린 등에도
건반을 걷던 그녀의 손가락은
소리의 뼈들을 하나씩 일으키고
죽음을 건너 또 다른 곳으로 나아간다

너무 많은 헛디딤에도 여전히 살아있는
내 발목은, 비루한 걸음으로
찰나에 스러질 분토糞土를 걷고 있을 뿐

훗날 혹여 천산天山의 눈길 지나
그녀가 쓰러진 브뤼셀역쯤 가게 된다면
뒤돌아볼 것 없는 길이라고, 고요히
어둠에 들어갈 시간을 기다리고 있을까

비 오는 저녁
클라라 하스킬을 듣다 보면

흰빛과 검은빛 사이를
건너가는, 네 마른 발목이 보인다

검은 허공을 켜는
— 자클린 뒤 프레

배롱잎 흩날리는 가을밤
심장을 찢어내는 너의 첼로 소리

꽃비 날리는 봄의 화음 가득한 날
꽃그늘 아래 숨차 오르던 친밀의 시간이
아득한 일처럼 떨어지는 잎들의 사이마다
통증의 협주곡으로 새겨진다

살아있어도 들을 수 없는 목소리처럼
그렇게 견디는 것이 삶이라 해도
사랑할수록 더 외로워진다 해도

흩어진 네 몸에 새겨진 현의 울림을
다시 들어야 하는 날엔
날마다 어두워지는 눈과 굳어져 가는 사지가
내일의 무덤을 부를 뿐

훗날 누군가 내 현의 소리에도
귀를 기울이는 이가 있을까

다하지 못한 너의 활은 부러진 채로
검은 허공의 몸을 켜고 있다

클롱의 힘으로

소나무 둥치에 걸려 있는
벗은 매미 껍질 몇 점

한 점 일생의 탈각에도
당김과 밀어내기의 무늬가
필생의 흔적으로 새겨져 있다

거대한 기계군단처럼
귀를 후벼 파던 파열음도
그들에겐 필사의 사랑 노래

여름의 끝날
분주하던 특별전도
건들태풍에 막을 내리고
하늘의 설치미술가는
플라타너스 잎들로 전시 준비 중

유위有爲는 무위無爲로
보이는 것은 보이지 않는 곳으로

만날 수 없는 너와 내가
무한 대칭을 이룬다 해도
어쩌지 못할 인력引力이
어쩔 수 없는 척력斥力이 된다 해도

오늘은 클롱의 힘으로
내일을 견딘다

* 클롱의 힘 : 전하와 전하 사이에서 작용하는 힘으로 같은 전하끼리는 밀어
  내고 다른 전하끼리는 서로 잡아당긴다는 법칙.

낙화, 행운유수

뒤늦게 붉은 상사화 보러 가는 길
절정은 이미 지났다고 물소리만 가득하다

물길 따라 하류로 내려가는 사람들은
생의 고비를 언제 넘어온 것일까
이젠 내리막길이겠지 여기면
어김없이 차오르는 오르막길처럼
순간 맥이 풀리는 날들

오늘은 노을의 한 자락이라도 잠시 붙들고
불갑사 어느 선방의 마루에 앉으면
어디선가 저녁 예불을 알리는 종소리
산사의 어둠을 안고 무념으로 흩어진다

잎을 만나지 못한 꽃들도 좌선일까
정념의 저 붉은 빛도 언젠가는 무색이 되는
안식의 하늘이 어딘가는 있는 것인지

적멸의 무량극토가 있다 해도

아직은 갈 수 없는, 뒤늦게 핀 꽃들은
불어오는 사나운 비바람을 어찌 견딜까

서녘으로 가는 구름들만
무언의 길을 서둘러 떠날 뿐

늦가을 저 갈가마귀는

오래도록 품은 일 하나도
이루지 못한 날들의 끝에
찬 바람에 겨우 이끌려
그리던 암자에 오른다

키 높은 편백숲과
아직도 초록을 잃지 않는 나무들
이 계절에도 꽃을 피우는 이름 모를 나무들

지나온 돌길마다 뼈와 살을 울리는
흔적들 몸에 새기며
가을 무등의 장관이라는 여기에 서면

무너져 쏟아질 듯한 바위들 지키는 것은
수호신처럼 서 있는 관음보살의 법력일까
작은 받침돌 하나에도 영험이 깃들어있다면

이제 무릎을 꿇고
간절한 소원 하늘에 올릴 것이나

가장 높은 바위 끝에 앉아서
낙엽으로 제 몸을 덮는 산자락을 응시하는

천공의 저 갈가마귀 한 마리는
무엇을 보고 있는 것일까
그것이 생존을 위한 필사의 눈빛이래도

눈꽃에 덮인 신선대 억새평전을
굽어보는 내생의 자비를 기원하며
규봉암 관음전을 나선다

2부

미조 낙조

　누가 있는 것도 아닌데, 난 낙조를 기다리며 미조에 있다. 마음도 파랑파랑한 날 파랑마을 지나 답하마을에 이르면 바다에 떨어지는 마지막 햇살들이 수없이 부서진다. 부서지는 것이 어찌 잔광뿐일까, 정념에도 일몰의 시간이 있을까. 오래전 남해 금산에 두고 온 내 안의 한 사람을 꺼내어 본다. 이제는 돌이 되어버린 기다림이라도 있는 것인지, 검붉은 파도만 망부 같은 바위를 쉼 없이 치고 간다. 미조에 가면 늘 죽어도 죽지 않는 낙조가 있다.

물결의 나락으로

꿈결의 몽정夢情, 간밤에도 흘러간 시간의 물결에 누워, 난 잠을 깼다. 나를 실어다 준 것은 바람이었을까 바다에 누운 채로 끝 모를 항해를 하다 멈춘 곳은 너라는 과거의 시간, 용서받지 못할 속죄의 마음 같은 것. 이젠 기억으로 더 아득해지는 그리운 살결의 고해苦海인지도 모른다. 무슨 일이 일어나고 무엇이 사라져 갔는지는 물결에 새긴 비밀만이 알고 있을 것. 새벽에 깨어 출항의 시간을 가늠하고 오늘의 기후를 확인하는 일도 내게는 살아서 남은 날의 무미유의한 일상인 것을. 아직도 뱃전에 찰랑이는 물결처럼 귓전을 울리던 네 마지막 목소리는 하늘 가득 붉은 빛을 담은 구름이 된 것일까. 범해서는 안 될 금기의 부표를 지나쳐버린 형벌일까, 저 검푸른 물결의 나락 속으로 난 점점 더 깊이 잠기어 가고 있을 뿐.

삼생연三生戀

연꽃이 피었어요
천천히, 빨리 오시길

바람결에 당도한
연서처럼
밀어가 꽉 차올랐다

무지갯빛 새가 손등에 앉는다. 날갯죽지를 파고드는
손, 부풀어 오른 숨결이 잡힌다. 넌 선 채로 기다리다 죽
음처럼 깊어졌으리. 빗소리가 발자국을 남기고 간 우기
의 숲, 복사꽃 향기는 가슴에 차오르고 팔색조는 물빛
문장을 낳는다. 전생을 건너온 꿈.

해독의 비밀은
물 아래 감추어둔 뿌리에 있으려니

찬찬히 네 영혼의 속살을 맡겨보렴
내내 평안할 수 있다면

먼 숲에선 고운 알들이 깨어난다
내생來生의 일

환생이 있다면
— 꽃나무통신 8

이번 생은 여기까지일까
선뜻 답하지 못한 꽃이
바람에 흔들리고 있다

하늘을 우러러 너는
순백의 서원을 올렸지만
너는 벌써 다음 생을 기약한 듯
하릴없이 무너져 내리고 있다

지난 계절의 알몸을 견뎌온 것은
간절한 기원의 시간들
잎이 피듯 꽃이 진다

허공을 향해 저렇게
사납게 달려가고 있는 새잎들
네 뿌리는 이미 다음 생을 낳기 위한
은밀한 모의에 들어간 것

지금은 몰락의 시간

봄밤의 수음手淫이 자멸하듯
목련이 흰 피를 뿌리고 있다

네 무수한 꽃잎의 만다라에
— 꽃나무통신 9

처음엔 흰빛이었을 것이다
물이 곱게 올라서
연둣빛과 연붉은빛 사이
너는 재잘대는 소녀처럼
까르르 웃는다
길 가던 구름도 걸음 멈춘 채
한 생이 피고 지는 날들을
잠시 기웃거리는 것일까
봉긋한 봉오리들 환하게 출렁거리는
어느 오후의 시간
너는 해열의 꽃이라는데
난 후두둑 소나기라도 맞아야지
따가운 햇살 아래 송글송글
땀방울도 아리따운 얼굴처럼
저녁노을 품고 보랏빛으로 물 들어갈
네 무수한 꽃잎의 만다라에, 이젠
맨살의 가부좌를 틀고 싶은 것이라니

저녁의 산책

보랏빛 괭이밥이 오그라드는 저녁, 산길에 반딧불이 지나간다. 이끼 위에 알을 낳고 이슬 먹고 떠난다는 개똥벌레, 짧은 생에도 여섯 번의 껍질을 벗는다는, 번데기가 되기 위해 비 오는 밤 땅 위로 올라간다는 애벌레 이야기를 생각한다. 너도 참 고단한 일생이지, 황홀한 금빛을 내는 이 순간만을 기다려왔을까. 더 이상 비탈길을 오르지 못하는 무릎이 말을 건넨다. 가장 빛나는 시절은 언제였을까. 여기서 꼭대기까지는 한참 거리, 발길을 돌린다. 바람은 서늘하고 먼 인가의 불빛들은 조연처럼 자신의 때를 기다리고 있다. 어린 단풍잎들이 살랑거린다. 아침이면 다시 피어날 사랑초는 어둠 속에 잠들어 있다.

몽유록처럼
— 꽃나무통신 10

달빛도 환한 밤
매화는 꽃잎을 열고

우리는 마주 앉아
정담을 나누다
꽃잠을 자기도 하지

꿈속에 꿈속의 너와
꿈 같은 말을 나누다
꿈 밖으로 나와 보면

꿈속의 말은
참, 하얗기도 하지, 명천에
별을 뿌려놓은 것 같기도 하지

환신幻身이라도 있다면
꿈속의 너는, 어느 날의
어떤 너일까

살구꽃 그늘 아래
너는 간 곳이 없고

깨고 나면
다음을 기약할 수 없는
언제 끝날지 모르는
몽유록처럼

꿈 밖의 나는
다시 돌아갈 길을
찾지 못하네

흰빛의 환청
— 꽃나무통신 11

네 입술을 열면
환각의 향내가 난다

피고 또 피는 꽃처럼
살 속까지 아득해지는 향기는
낯익은 호명의 다른 이름

아직 열리지도 못한 꽃봉오리들이
속수무책으로 떨어지는 날엔
사람의 일도 다르지 않음을 알아갈 뿐

목마른 시간을 늘 확신하지 못하는
모호한 날들 앞에서, 너만의 체취가
지워지는 순간은 언제일까

꿈을 깨고 나면 밤새 뜨거워진
열락의 동침도 서서히 식어가듯
떨어지는 꽃잎 한 점에도, 시시로
마음이 울어 고단해지는 날

너무 멀리 있어 볼 수 없는 사람은
꿈길의 조우쯤으로 남겨두고
나는 너의 미로를 따라, 잃어버린 사랑의
푸른 황홀을 걷고 싶어진다.

너는 오렌지도 재스민도 아닌
오렌지재스민, 네 입술을 열면
흰빛의 환청이 들린다.

마음의 꽃잎이 돋아난다

네 목소리는 아침의 향기를 담고
어두워진 내 귀를 울린다

가끔 먹먹하고 자주 어지럽다는
너는 얼마나 멍든 시간을 지나서
내게로 오는 것일까

당도하지 못할 답서를 기다려
내가 꿈속에서 밤을 지새운들
네 고통의 무게는 가늠하기 어려울 뿐

그렇게 이명과 난청의 새벽을 지나온
너는, 처음 만나는 빛처럼
폐허가 된 내 몸의 신전에 이른다

나는 무너진 기둥 사이로
울려 퍼지는 소리를 따라
언약의 경전을 다시 읽는다

나를 일으키는 것은
아침 빛에 실려 오는 말씀처럼
변치 않을 그 무엇이라도 있어야 할 일

열린 창들의 하늘 위로
푸른 새들이 날아오르고
마음의 꽃잎이 돋아난다

나는 네 소리에 의지해
빛으로 건너갈 수 있을까

모과꽃이 다 진다 해도
— 꽃나무통신 13

지는 것이 어찌 저 꽃뿐이겠냐마는
가슴 일렁이게 하는 연분홍 사연이라도
아직 남아 있다는 말일까

있다 해도 점점 마음조차 시드는
이 밤에는 마지막 소리라도 붙잡듯
계면조 한바탕을 건너간다

난 아쟁을 켤 테니
넌 거문고 청을 쳐라

붉은빛과 푸른빛이
휘몰아치는 어느 장단쯤에서나
우린 흰 빛으로 만날 수 있을까

아득한 것은 소리의 길만이 아닐 테니
수십 년 독공을 지나서 하늘에 오르는
신운神韻의 경지에 이른다 해도

저 속절없이 지는 꽃잎 하나에도
흔들리는 것이 생의 일이거니

안부도 모르는 우리들의 무심한 일처럼
모과꽃이 다 진다 해도
더 단단해진 열매를 기다리면 될 일

살아생전에
— 꽃나무통신 14

연분홍 모과꽃은 다 떨어지고
이팝나무 꽃이 다 피도록
우리는 어디에 있는 것일까

늦봄의 환한 햇살에 조금은 미쳐서
줄지어 따라가는 청보리밭에 이르면
벌써 푸르게 물든 연인들의 웃음들은
유채꽃밭 여기저기 건너다니며
문득 돌아갈 길을 잃게 만든다

그렇게 다시는 돌아갈 수 없다 해도
너와 함께 걷던 길엔 새잎들이 다시 솟아나고
바다로 향한 길엔 그날의 해무가 피어난다

오늘의 귀로는 노을도 없는 저녁 길
길의 끝이 어디인지는 모르지만
정처 모를 너의 한숨들 바람에 펄럭인다 해도
지친 어깨를 가만히 토닥여 줄
그런 마음의 손길 한 자락 내어주고 싶을 뿐

언제부터인지 귀에 들려오던 노래처럼
어디에 있든 살아생전엔 눈물짓지 말자고
눈물 감춘 가슴의 목소리를, 저 짠내 품은 바람결에
무언의 노래로 보내고 싶을 뿐

망부운 望夫雲

사랑을 기다리다 구름이 되었다는
먼 이역의 전설이 아니더라도

눈은 날리는데
지금 난 폭우를 기다리는 가뭄처럼
갈라진 마음의 바닥 속으로
자꾸만 내려가고 있다

호수 밑바닥까지 폭풍을 일으키도록 한스러운
마음도 한 줄기 미풍에 잔잔해질 수 있다면
그곳은 한 조각 고통도 없는 낙토樂土가 될까

돌아오지 못하는 것은 네가 아니라
그렇게 서로 어긋나버린 시간의 운명

그러니 넌 그렇게
가라앉아 있어라

아무리 소용돌이를 친들

저 높은 봉우리에 아직
구름의 꽃잠은 펴지 못했으니

만년설이 다 녹는 날
행여 너를 찾을 수 있다면
그 얼어붙은 뼈에라도 새길 말 있으니

그러니 넌 그렇게
기다리고 있어라

잔설마저 다 흘러가는 환한 봄날에
도화빛 꽃잎의 말로 너를 다시 찾으리니

3부

천무 天舞

하늘에서 내려온 여인이
어딘가는 있다는 말일까요

그대는 말없이 꽃을 든 채
머리엔 둥근 빛을 둘렀으니
부처를 모시는 보살 같기도 하고

옛 사마르칸트의 무녀처럼
찰나에서 영원으로 가는
천상의 춤을 추고 있으니

압사라스 압사라스
승천하는 물의 정령처럼
이 진세의 욕계 너머에 그런 천계 天界가
어딘가는 있다는 말씀일까요

그대는 온몸으로 돌고 돌아
벽화 속에 깊이 숨겨두었던
무지갯빛을 피어 올리며

아무래도 따라갈 수 없는
흰빛의 나비 날개로
하늘의 만다라를 펼칩니다

하늘의 소리를 엿듣다

댓잎에도 폐부가 있다면
저 하늘로 솟구치는 한 가락에
필경은 찢기어 푸른 피를 흘렸을 것이다

산딸나무 향기도 하얀 날
꽃빛은 먹먹히 가슴에 차오를 때
속진에 물든 귀를 베고 가는 한 사내의
젓대 소리, 홀로 드높아간다

그는 어디서 왔을까
우리가 어느 별에서 마주친 적이 있다면
함께 초원을 떠도는
유목의 바람이었는지 모른다

아니면 언젠가 달빛 흐르는
소쇄원 광풍각을 맴돌며 목쉬도록 뽑아내던
청성곡 한 가락이었는지 모른다

하늘의 소리를 엿듣다

귀로의 날개를 잃은
적선謫仙처럼

남도의 남당南堂

남녘의 바다 끝
바람을 안고 사는 그의 거처는
한쪽 벽이 무너져 내린다

월세도 내지 못해 비가 새는
산꼭대기 집에 사는 그는
밤이슬만 피하면 되지 않냐며
매일 바다를 술로 마신다

옛 적빈赤貧의 화인畵人처럼
형형한 눈빛으로 어디를 가려는지

먹물에 물든 떨리는 손으로
검은 눈썹의 달마를 그린다

언덕에 뿌리를 드러낸
노송 한 그루
면벽수행을 하듯
엄동의 절벽에 매달려 있다

지난봄의 도화빛을 담다

울림이라면
오동에 명주실을 매어 살굿빛 목청을 싣는 줄풍류가
으뜸이래도
그대가 천상의 소리로 돌아갈 월궁月宮의 선녀래도

저 옥빛 하늘에 함께 이를 때까지
난 현침絃枕을 베고 청사靑紗 부들의 밧줄에 묶여
지난봄의 도화빛을 담을 일이니

조금만 기다려주오

그대는 어찌 명월 청산에 흘러가는 물처럼 수이 가려
는지
돌괘마다 떨리는 속울음 절창을 남겨두고 어이 날아
가려는지
고운 손에 담긴 소리의 빛을 따르는, 나는

참으로 아정雅正한
밀월蜜月 만정의 시간이라니

산천초목

비 내리는 가을밤 생황 소리는
누군가 참 먼 길 가는 소리 같다

한때는 가까웠던 인연도
몸은 마음을 따르는 것이라서
멀어진 시간을 견디며 사는 것

그날이 마지막 날인 줄 알았다면
작별의 인사라도 제대로 나누었을 것을
다정한 눈빛이라도 보냈을 것을

저 샛노란 은행잎들 무수히 떨어져도
빛나는 새잎들 푸르게 돋을 날 있겠지

그날엔 이승의 온갖 꽃나무들 함께 어울려
햇살에 안겨 춤추는 날도 있겠지

만화방창한 봄날에 꽃잎으로 다시
피어나는 너를 알아볼 수 없다면

난 베옷에 거문고 둘러메고
다하지 못한 길을 떠나야 하리

부용당에서

꼭, 당신이 아니라 해도
누군가 곱게 앉아있으면
참 좋겠다 싶었습니다

금琴을 꼭 타지 않더라도
무현無絃의 소리가 가을 하늘에 오를 것 같은
그런 날이 있지 않을까 싶었습니다

정숙한 여인이란 꽃말처럼
쉬이 엿볼 수 없는 그대 마음이야
저 부용당 깊은 못에 있겠지만
훗날 혹여 여기에 당신이 서는 날이 있다면

산그늘 고즈넉이 내려앉을
저 부용당 연못에 지나간 내 그림자가
비칠지도 모를 일이 아니겠습니까

그림자도 쉬어간다는
식영정 마루에 앉아 해가 지도록, 나는

부용당 빈 마루를 하염없이 당겨볼 뿐

단풍잎처럼 붉어지는 마음만 안고
마지막 잎새를 달고 있는
배롱나무만 쓰다듬다
저물녘 돌길을 내려갑니다

적벽가를 듣다가

　초여름 저녁 감나무 그늘 아래 소리하는 여인의 목줄기로 진한 땀방울이 맺혀 흘러내린 머리카락도 엉켜서 조자룡이 활 쏘는 대목에 이르러 핏대가 터질 듯하던 것인데, 소리의 하늘도 참 높은 것이라서 과녁이 어딘지는 몰라도 온몸을 울리는 저 푸른 소리가 닿는 곳이 내 몸인지 네 몸인지, 청천의 은하수 넘어 깊고 아득한 곳으로 맺지 못할 구름의 길을 떠난 것일까. 밤마다 오래도록 꽃과 달 같을 저 가인의 시절에.

바람에 달빛을 담다

항아리에 구멍을 뚫은 것은
아무리 채우려 해도
채울 수 없는 것도 있다는 것일까요

그대와 나의 오랜 별리도
달이 차면 이울듯
그믐의 시간이라 여길 뿐

차오르는 달빛이
먼바다를 밀어 올리듯
황홀한 보름의 시간이 돌아오리라
내심으로 믿고 또 기다릴 뿐

유한한 이승의 갈증이야
그 무엇으로도
담을 수 없는 지금

채우고 비우라는 말씀
그대는, 바람에 흐르는 달빛을 담고
선승처럼 앉아 계시네요

진양조

짧은 산조
한바탕 나아가는 데도
아직 이르지 못한 길

수년을 스승 따라
가락을 겨우 흉내 낼 뿐
중중모리쯤 갔다가 오히려 뒷걸음으로
홀로 진양조에 다시 머문다

어디로 나아가기는 한 것일까
누군가에게 쓰지 못한 연서처럼
하고 싶은 말을 삼키며
어눌한 디딤으로 더듬거리고 있을 뿐

나의 거문고 소리는
아직 찾지 못한 깊은 산 유곡에 있다

잠시 멀어졌다고 줄 하나 고르는 데도
물집이 다시 생겨나고, 생채기를 내야만

유현의 떨림이 오는 것이라면, 그렇듯
나는 멍든 속울음으로 너에게 갈 것이다

가다가 길이 끊어지더라도
절벽 너머 희고도 검푸른 소리를 만날 수 있다면
온몸으로 울어내는 물빛의 네 숨결을
만날 수만 있다면

타령조로

비는 하염없이 나리는데
빗소리가 님의 소리라 하면
청산의 맑은 물 되어서도
무얼 그리 못 잊어 흘러가는지
구름은 또 어디로 와서 어디로 가는지

모두가 다 꿈이라 해도
이 말도 꿈속의 말이라 해도

창밖에 국화는 피지 않고
술을 따를 이도 없으니
홀로 거문고 청을 치며
고운 님의 소리를 찾고 있네

배롱꽃이 스러지는 날, 밤 깊도록
저 젓대 소리 아쟁 소리는
누구의 속속을 찢어내는 것인지
끊어질 듯 이어지는 너의 말들은
또 한 세상을 건너가는 약속이려니

너와 내가 만난 날은 꽃빛도 환했지만
꽃이 피고 지듯 흩어질 날도 있는 것이니
잠시 못 본다 한들 무에 그리 못 견딜 일이겠느냐

현의 노래

노래를 잃어가는 날
내 몸을 파고드는 저
소리는 어디까지 가려는지

언제부터였을까
옛 가야의 운우雲雨를 담은 저
가인의 현의 노래는, 소리의
미궁에 갇힌 한 사내의 문을 열고
대숲의 바람으로 나아간다

사랑에 웃고, 사랑에 우는
인생사, 다하지 못한 인연도
남모를 회한의 날들도
피멍 물든 손가락에 얹고

아리랑, 아리랑 고개를 넘어
한 잎의 쪽배로 흘러간다

세상에 보내지 못한

미완의 내 노래쯤이야, 저 가락 너머
탄금彈琴의 인연으로 남겨도 좋을 일

그녀의 아리랑 연가는
소리의 장강長江을 건너는 배가 되어
붉은 노을 푸른 물을 저어, 저어간다

구름 속 상청上淸의 끝
목쉰 새 한 마리
진공의 하늘을 건너간다

행서초行書抄

짧은 산조라도 거문고와
한바탕 놀아봤으면 해도
그건 내겐 아직 꿈의 일만 같아서

금琴을 벽에 세워만 놓고
걸어놓은 옛 그림 속 걸어가듯
잎들 다 떨어진 겨울 숲에 든다

마음이야 무등의 절벽길
깊은 암자에 이르고 싶지만
적막을 홀로 오를, 무슨
단단한 심지가 있는 것도 아니라서

아직은 한 장, 한 장
수월찮은 필법의 묘라도 얻기 위해
옛사람 금언金言에 먹물을 입힌다

세상의 하찮은 것들 보기 싫어
제 눈을 도려낸 화인畵人은 아니라도

분외分外의 일품逸品 한 편 얻을 수 있다면
나머지는 파지破紙쯤 여길 수 있을까

수운지행,
흐르는 물에 구름 흐르듯
노봉지세,
봉우리를 드러내듯
오늘도 붓춤을 춘다

고절 孤節

봄날 낙화에 뒤척이던 밤도
연록의 새잎에 푸르던 아침도
다 보내고 나서야 서리를 맞는다

여름내 물빛 일렁이던 수국도
진홍으로 함께 버티던 백일홍도
다 보내고 나서야 문득 너를 본다

찬 서리를 견디는 일은 너의 오랜 습성
샛노란 빛은 하늘 가는 길로 아득하다

대체 어떤 절개가 뿌리라도 내렸는지
매운바람에도 흔들리지 않고, 꼿꼿한
연모처럼 넌 그렇게 눈 시린 꽃을 달고 있다

오히려 나부끼는 마음의 깃발 흔들리듯
순간의 상심들은 늘 의심 많은 나의 일이었으니
한 계절이 지나도록 넌 침묵으로 안부를 전한다

우러러 부끄러움도 낙엽 같은 내 얼굴일 것이니
작은 잎들로 단단한 저 빛나는 소국_{小菊} 앞에서

4부

고요한 바다로

바다가 없는 고향의 바닷가
제각집이 있던 용일리 정포산
선영에 왔습니다

집터는 흔적이 없어졌어도
마른 감나무 가지들은 하늘에 아직 걸려 있고
보랏빛 구절초는 지난 생을 불러냅니다

먼바다를 보며, 황토 흙집에
새로 나란히 누우신 두 분은
내 어머니의 아버지, 어머니

삶의 풍파는 어찌 그리 많았을까요
가늠할 수 없는 고해를 건너온
두 분의 이력이 여기 선산에도
비문처럼 새겨져 있습니다

외할머니는 여기서 걸어서 시오릿길
캄캄한 밤에도 교회를 다니셨다 합니다

그 할머니가 밤길 오가며 부르셨을
찬송을 따라 불러봅니다

고요한 바다로 저 천국 향할 때
주 내게 순풍 주시니 참 감사합니다

그 순한 바람의 끝에서
서로 다시 만날 날 그리며
편히 쉬시기를 기도합니다

전선야곡戰線夜曲

눈보라가 휘몰아치는
흥남부두가 나오는 영화를 보다가
생이별한 피난민들의 아비절규를 듣다가
언젠가 그가 부르던
그 노래가 생각난다

언젠가 결혼식 가는 버스 안에서
마이크가 넘어오자 가쁜 숨을 몰아쉬며
쉰 목소리로 불러보던 그의 노래

열일곱, 국방경비대에 자원입대한 그는
야간중학을 다니는 중
망할 놈의 전쟁이 터져버렸다고
해마다 6월이 되면 군담을 풀어 놓았다

처음엔 총을 쏘는 게 무서웠지만
옆에 전우가 죽어 나가면 자신도 모르게
방아쇠를 당기게 되더라며

옹진반도, 양구지구, 흥남철수까지
흑판에 지도를 그려가며 목소리를 높이던
수많은 무용담도 이젠 다시 들을 수 없다

'가랑잎이 휘날리는 전선의 달~밤'
그런 달밤은 아니지만, 오늘은
그 노래를 소리 없이 불러본다

새파란 청년, 젊은 아버지가 되어
꿈길 속에 고향으로 달려간다

어느 봄날의 동행

몇 해 전에 걷던 길을
다시 걷는다, 그때처럼 매화는
볕 좋은 비탈길에 다시 피어 있다
목련이 흰빛을 터뜨릴 무렵
좀처럼 살이 오르지 않는 깃털 같은 아이는
가쁜 숨을 몰아쉬며 겨우 뒤따른다
그리 높지 않은 언덕길도
우리에겐 저마다의 고비가 있는 것
살아갈 날이 걱정되는 범속의 시간은
그저 하릴없이 흐르고 있을 뿐
남기고 떠날 후일은 알 수 없지만
어쩔 수 없는 인과의 하늘에 눈이 시려온다
마른 밤송이 가시에 손을 찔린 아이는
그래도 콧노래를 부르며 앞서거니 뒤서거니
고단할 생의 한숨을 잠시라도 놓는다
내가 살아온 세상과 살아갈 날은
어디로 이어지는 것일까, 다시 만날 수 있다 해도
저만치 앞서가는 아이를 보며 점점
지금은 갈림길이 가까워져 옴을 예감할 뿐

일찍 잎을 내려는 나무들은 저마다 분주하고
봄길 따라 환하던 개나리들은 간밤 비에 젖은
꽃잎들을 의연하게 매달고 있다
이 길을 언제 또 걸을 날이 있을까
어디선가 기우뚱거리는 비둘기 한 마리
꽃나무 가지 울타리 사이로 몸을 숨긴다

꽃잎, 유서 같은

차창에 꽃잎 한 장, 어디선가
날아와 앉더니
봄바람에 어린 새처럼
온몸을 떨고 있다

가뭇없이 떠날 줄 알면서도
잠시라도 필연의 인연처럼
붙들지 못해 난, 그저 긍긍할 뿐

가는 봄, 몇 번을 보내야만
떨어지는 꽃잎에 무심할 수 있을까

사거리엔 머리를 조아리는 사람들
저마다 목청을 높이며 허공에
헛된 약속을 던지는
저들은 누굴 위한다는 것일까

진실은 멀고, 참회의 한 줄도
남기지 못하는 날들

아무리 소리쳐도 아무 소리도
들리지 않는 확성기에

고운 꽃잎들이
죽음의 바다를 건너온 환생인 듯

유서처럼 달라붙는다

눈꽃이 피어나는
— 양동시장

봐라, 물만 뿌리면 살아난단다
어머니는 섬에서 데려온 봄나물 위에
찬물을 뿌렸다, 정말 잠을 깨듯
일어나는 봄의 새싹들
그들은 어린 병사처럼 푸르렀다
겨우내 어머니는 손등이 새파래지도록
시장에서 찬물에 파래를 감았다
목숨이란, 삶이란 그런 거였다
네 자식이 곧 내 자식인데
오월의 어미들도 서로 어깨를 겯고
주먹밥을 만들어 먹이고 그렇게 자식들을
머나먼 세상으로 떠나보냈다
오월에 진 꽃들이
다시 돌아오는 것일까
하늘 가득, 눈꽃이 피어난다

이 폭염의 날에

불볕더위보다 폭염이란 말이 참 사납다. 그렇게 맹렬한 기세로 달려드는 여름의 폭도와 맞서 싸우는 에어컨 장군만이 우리를 구원한다. 멸망의 날이 언제인지는 몰라도 우리가 뱉어낸 뜨거운 바람이 땅을 더 뜨겁게 하고 어느 한쪽에선 그분을 모시지 못해 죽어가는 사람들이 있다. 다행히 나는 냉방의 포로가 되어 병을 만들고 밤에는 열섬에 갇혀 잠을 설친다. 삶은 갈수록 지렁이처럼 버둥거리고 너무 뜨거워서 쓰러지는 사람들, 누구는 또 얼마나 오랜 시간을 뒤척였을까. 이 뜨거운 날에 고단한 양심이 불덩이가 되어 하늘로 투신하는 사람이 있다.

촛불이 횃불이 되어

처음엔 마음의 골방 한켠에
켜둔 불빛이었을 것이다

때론 불빛 한 점이
어둠 속 바닷길 밝히는 등대처럼
새벽길 인도하는 것이라서, 금력과 권력에
미친 시대의 어둠이 너무 깊어서
작은 촛불들 모여, 광화문에서 금남로에서
저마다 광장의 함성을 밝힌 것이다

가슴이 막힐 정도로 울화가 깊어
떨리지만 당당한 목소리로
목청껏 외친 것이다

누구든 부정과 불의의 철면피를 벗고
양심의 칼날 위에 서라
거짓과 탐욕의 가면을 벗고
모든 허위여 물러가라

곰나루의 죽창, 녹두벌판에 타오르는 들불처럼
촛불이 횃불이 되어, 언젠가는 그 불이
삿된 것들 다 불사를 날이 오리니

새로운 걸음의 거름이 될
새로운 역사의 깃발이 될
혁명의 촛불을 밝혀야 한다

한 번도 태우지 못한 부끄러운 쭉정이들
허공의 한 줌 재가 될 때까지
우리들 마음의 심지를 태워서
너와 나, 함께
우리는

김군

빛바랜 사진은 어디에나 있지만
바래지 않는 것도 있다는 것을
그대의 얼굴을 보며, 나는 멈춘다

만장이 펄럭이던 묘지에서도
찾을 수 없는 이름들이
어찌 그대뿐이겠는가
때늦은 흑과 백의 경계 속에서
그대는 사라졌다 다시 살아난다

그대가 넝마주이였다면 폐지 같은 것들 넘치는 세상
깨끗이 쓸어 담아버리고 싶었을까, 모두가 복면을 쓴 채
생사도 묻지 못했다는 그날 그대는 독수리처럼 살펴야
할 그 무엇이 있었기에, 그리도 매섭게 노려보고 있는가
어찌 사나운 범처럼 붉고도 뜨거운 볕을 견디며 총을 들
고 있는 것인가 대검을 꽂고 몽둥이질, 총질에 사람 목
숨을 개처럼 대하던 것들이 오히려 폭도가 되어 설치던
날, 그날의 수많은 그대들은
　왜 총을 놓지 않았을까

장미는 아직도 검붉은 피를 흘린다

결말을 알면서도 한 치의 굽힘이 없는
그대의 검은 눈빛이, 오래도록
내 눈을 관통하고 있다

시인 박석준

그의 시를 읽다가
눈이 아파서 잠시 내려놓는다

그 사람의 시집을 보다가
자꾸 눈물이 차올라 잠시 놓아둔다

늘 힘들어 보였던 그 사람
이제는 시가 되어버린
참으로 아팠을 생의 말들이
한꺼번에 당도한 날

연민보다 미안함과 부끄러움이
오래도록 통증이 되어 아파온다

비루한 생존에 이도 저도 아닌
내 시간의 색깔은 무슨 빛일까

무너진 몸들과 어두운 방의 울음소리들이
새겨진 그의 말들은 묘비명처럼

비바람에도 꿋꿋하다

자신을 제단에 올려
스스로 살점을 떼어내고
뼈를 깎아내는 자만이
자기만의 빛깔을 갖는다

그 또한
시대의 '전사戰士'인 것이다.

---

* 박석준 시인은 민청학련, 남민전, 범민련 사건으로 옥고를 치른 '전사' 박
  석률, 박석삼의 동생이다. '시간의 색깔은 자신이 지향하는 빛깔로 간다'
  는 시인의 세 번째 시집이다.

천 년이 걸리더라도

너에게 영혼이 없다면
그건 참 애통할 일

맹골 깊은 바다의 유해로만
남아 있었다면 그것은 더
원통할 일

네가 돌아오기까지는
언제까지나 안식하지 못했을
그 수많은 마음들이, 비로소

네 손길이 닿았을 그 무엇에라도 의지해
이제야 참회의 향불을 올린다

사랑이란 그렇게 끝까지
마음의 끈을 놓지 않는 일

또 다른 네가 아직 돌아오지 못하고 있다 해도
돌아오지 못하게 한 것도 결국 나였으므로

그것이 모든 참혹에서 살아남은 자의
형벌이라 할지라도, 오월 광주의 그 날처럼

평생 무거운 돌을 지고 가야 하는 일일지라도
흰빛 그리움으로 떳떳이 다시 만나야 하기에

천 일이 넘고 천 년이 걸리더라도
기다려야 할 기다림은 놓지 않을 일이다

봄날의 신천지

봄산에 어느 꽃이라도
반갑지 않겠는가마는
오늘은 새치름히 속잎을 내민
네 꽃망울이 으뜸이다

세상은 온통 코로나 천지
의심과 공포의 병은 더 깊어가는데
이름 모를 산새들의 노래 데리고
너는 참 당당하게도 매혹이다

신천지가 온다고 아무리 외친들
봄날 이만한 신천지가 어디 있을까
고개 끄덕이며 두 팔로 반기는 것은
오랜 세월 절벽에 뿌리 박은 채로
가부좌를 튼 청솔의 아름드리라니

한 봉우리 넘어 또 한 봉우리
인적 드문 삼인산 하산길
새색시 처녀의 입술처럼

눈맞춤에도 열릴 꽃봉오리들

옛적 누군가는 꿈에 현인을 만나
이 산을 찾았다지만
여기저기 현자라는, 심지어는
불사의 신이라는 황당들 넘쳐나는
진세를 잠시라도 벗어나면

멀리서 손짓하는 신선대는
내일의 선경으로 남겨둘 일
오늘은 저무는 빛마저 황홀한
봄날, 진달래 산천에 취한다

길을 묻다

한 번도 걷지 않았던 길
걸으니 새로운 길이 열린다
아파트 사이 샛길을 걸으며
연분홍 달맞이꽃과도 인사를 나눈다

성큼 걸음의 까치들이
저만의 길을 간다
그 사이 꽃이 지고 핀다
비가 오고 바람이 지나갈 것이다

한 발짝 멀리 날아가는 참새와
친구가 되기는 어려운 일
이젠 멀어지는 사람의 일들도
굳은살이 되어 간다

길을 건너면 일터로 가는 길
입안에 내뱉지 못한 쓴 물이 차오른다

생의 피안은 어디 있는 것일까

늘 돌아앉는 제자리
오늘도 길을 떠나지 못한다

횡단보도 앞, 출근 시간을 보는 것일까
시계를 보는 한 사람이 서 있다

낙화유정 2

날이 갈수록 네가 멀어진다 해도
잊지 못하는 것은, 너일까 나일까
비바람에 지는 봄꽃들이 망연히 떠나가고
이팝꽃이 흰 눈처럼 쏟아질 때면
다시는 되돌아갈 수 없는 푸른 시간들
기억의 붉은 핏줄만이 스스로 새기고 있을까
멈추어버린 것은 다하지 못한 우리의 말들
망각의 강을 아무리 건너려 해도
다시 돌아오는 저 무수한 꽃잎들처럼
어쩌지 못할 일이라는 것을
이제야 안다는 것일까, 뿌리 내릴
한 뼘의 흙만 있어도, 저렇게
온 힘을 다하는 풀꽃 한 송이도
살아갈 이유가 있으니

■ 해설

'18! 저만의 시니피에'에 담긴
엄청난 함의

호 병 탁(문학평론가)

1

얼마 전 시집 평을 하며 '문학은 무엇인가'라는 거창한 말로 글을 시작한 일이 있다. 이번에는 한술 더 떠서 '언어는 무엇인가'로 글을 시작하게 생겼다. 시인의 작품이 그렇게 만들고 있다.

언어는 무엇인가. 언어학자들은 언어를 '의사소통을 가능하게 하는 음성적 기호체계'라고 한다. 확실히 언어가 사람의 '실용적인 의사소통의 도구'라는 말은 맞는 말이다. 그런데 '문학'은 당연히 언어로 만들어지고 그것은 '예술'이다. 하나의 의문이 생긴다. '실용'과 '예술'은 서로 대치되는 명제가 아닌가. 그렇다고 컴퓨터 키를 치는데 필요하기 때문에 손가락이 생겼다고 할 수 없는 것처럼 시를 쓰기 위해 언어가 따로 마련된 것은 아니지 않은가. 이 실용적 도구로 예술적 문학이 만들어진다는 것은 인정할 필요가 있다. 먼저 언어가 있고 이후 문학이 존재하게 되는 것이다. 기호체계의 언어조직으로 만들어진 문학은 '기호의 기호'라는 특성을 갖게 된다. 따라서 문학은 추상적 속성을 지닐 수 있고 이는 나아가 이념적 실천의 기능을 증대시킬 수 있다. 작품을 보며 논의를 계속하자.

개구리 같은 소녀가, 18, 저만의 시니피에를 던지고 간다. 난 두꺼비가 되어 잠시 소나기를 맞는다. 재잘거리는 그 애의 실핏줄에 푸른 맥이 흐른다. 개구리를 파충류로 알고 있던 소녀는 시는 개소리 같다고 불평한다. 아직 꺼내지도 못한 말들의 알쏭달쏭한 기호들이 독해를 기다리고 있다.

꿈속에서 필생의 합을 겨루는 그녀의 칼집엔 늘 내 칼이 꽂혀있다. 그녀는 연금술사처럼 언어의 칼을 벼리고 있다. 온전히 합을 이루지 못한 다면의 기호들이 푸른 잎으로 떨어진다. 시간을 거꾸로 갈 수 없는, 좀처럼 승부를 내지 못하는 나는, 새벽마다 날이 선 채 이슬에 젖어 돌아온다.

이미지로 말을 걸 수 있다고 믿는 그는 점점 독수리가 되어 간다. 아마도 그는 전생에 산정에 올라 추상抽象을 짓는 화인이었을 것이다. 드론에 실린 그의 눈으로, 나는 형상의 기호를 해석해 본다. 점은 선을 이루고 면은 공간의 프레임을 만든다. 때론 어설픈 말보다 한 컷의 눈이 불립문자를 이룬다 해도.

― 「기호의 기하학」 전문

　작품 첫 연에서 "개구리 같은 소녀"의 첫 발화는 "18"
이다. 시인은 이를 "저만의 시니피에"라고 부른다. 두 번
째 발화는 "시는 개소리"라는 불평이다. 시인은 이를 "알
쏭달쏭한 기호"로 인식하며 그것들이 "독해를 기다리고"
있는 것으로 간주한다.

　우리는 첫 연에서 이미 눈을 크게 뜨게 된다. 우리가
생각하는 일반적인 '시'의 스타일을 완전히 벗어나고 있
기 때문이다. 빗속을 걸어가는 한 소녀의 모습은 일상의
서정적인 풍경이다. 그러나 이 짧은 연에는 갑자기 '시
팔'이나 '개소리' 같은 상소리와 함께 '시니피에' '기호'와
같은 전문적이고 추상적인 어휘들이 끼어들고 있다. 정
말 어떻게 '독해'해야 할지 당황스럽다.

　일정한 의사를 전달하기 위해 사용하는 여러 가지 형
상을 통틀어 '기호'라고 한다. 그리고 기호는 다시 '기표'
와 '기의'로 구분된다. 전자는 '기호의 형태'로 이를 '시니
피앙'이라 부르고, 후자는 '기호가 의미하는 내용'으로 이
를 '시니피에'라고 부른다.

　쉽게 가자. 작품 첫 행의 "18, 저만의 시니피에"라는
말에는 위 기표와 기의를 설명하는 엄청난 함의가 숨어
있다. '18'이라는 아라비아 숫자는 민족과 국가를 떠나
누구에게나 '열여덟'이라는 동일한 의미 개념을 갖는 기

표로 인식된다. 그러나 이 기표를 한국인이 한국식으로 발음하면 '시팔'이 되고 이는 불편할 때 내뱉는 욕설로 작동하여 전혀 다른 기의를 갖는다. 따라서 시니피앙과 시니피에 사이의 관계는 자의적이다. 문화적이고 역사적인 관습 말고는 다른 내재적 이유란 전혀 없다. 일단, 이 정도로 하자.

결국 시인은 소녀의 "18, 저만의 시니피에"를 들으며 "아직 꺼내지도 못한 말들의 알쏭달쏭한 기호들이 독해를 기다리고 있다"는 발화와 함께 첫 연을 마감하고 있다.

둘째 연에서 시인은 글 쓰는 사람으로서의 자신의 힘든 처지를 은유적으로 토로한다. "그녀는 연금술사처럼 언어의 칼을 벼리고 있다." 그렇다면 그녀도 시인인가. 그런데 "그녀의 칼집엔 늘 내 칼이 꽂혀있다." 이 말은 "필생의 합"을 겨루어도 결국은 내 칼에 내가 맞는다는 말이 아닌가. 그래서 "다면의 기호들이 푸른 잎으로" 떨어지는 것이 아닌가. '다면多面의 기호'는 여러 시니피에를 가진 말과 다름없다. 이 때문에 시인은 "승부를 내지"도 못하고 "날이 선 채 이슬에 젖어 돌아"오는 것이 아닌가. 내 생각으로 시인은 시 쓰기의 어려움을 실토하고 있는 것으로 보인다.

셋째 연에서는 '그녀' 대신 '그'가 등장한다. 그는 "이미지로 말을 걸 수 있다고 믿는" 사람으로 "점점 독수리가 되어 간다." '이미지'는 마음속에 떠오르는 사물에 대한 감각적 영상, 즉 '심상心象'을 말한다. 하늘의 독수리는 높은 곳에서 모든 영상을 한눈에 내려다볼 수 있다. 다시 말하자면 '조감鳥瞰' 능력이 있는 것이다. 그래서 시인은 그가 "전생에 산정에 올라 추상抽象을 짓는 화인"이었을 것으로 생각하고 있는 것이 아닌가. "드론에 실린 그의 눈" 역시 조감할 수 있는 눈이다. 시인은 하늘에서 내려다보는 바로 그런 눈으로 "형상의 기호를 해석"하고자 한다. 시인이 추구하는 글쓰기 자세를 피력하고 있다. 그리고 이어 "점은 선을 이루고 면은 공간의 프레임"을 만든다는 놀라운 발화를 터뜨린다. 맞다. 점이 모여 선이, 선이 모여 면이, 면이 모여 입체적 공간이 된다. 그런데 면은 어찌하여 '공간의 프레임'을 만드는 것인가. 아주 주목할 만한 발언이다.

'프레임frame'은 원래 자동차 · 자전거 등의 뼈대 또는 틀을 가리키는 말이지만 인간이 생각을 더 효율적으로 할 수 있도록 그 처리 방식을 공식화한 것을 뜻한다. 인간은 어떤 조건에 대해서 거의 무조건적 반응을 하는 경향이 있으므로 프레임은 '마음의 창'에 비유되기도 한다. 이는 어떤 대상 또는 개념을 접했을 때 어떤 프레임을 갖고 있느냐에 따라서 그 해석이 바뀌기 때문이다. 우리는 이 말을 '특정한 언어와 연결되어 연상되는 사고의 체계'라고 정의할 수 있다. 프레임은 우리가 사용하는 모든 언어에 연결되어 존재하는 것으로, 우리가 듣고 말하고 생각할 때 우리 머릿속에는 늘 '직관적 틀'로 프레임이 작동하게 되는 것이다.

'공간空間'은 말 그대로 '아무것도 없는 빈 곳'을 뜻하기도 하고, '물질·물체가 존재할 수 있는 자리'를 말하기도 하고, 철학적으로는 시간과 더불어 세계를 성립시키는, 즉 시·공의 기본 형식을 의미하기도 한다. 그렇다면 프레임에 따라 공간형상의 기호도 달리 보일 수 있다. 물론 언어기호가 달리 해석될 수 있음도 당연한 일이다.

시인은 마침내 "때론 어설픈 말보다 한 컷의 눈이 불립문자를 이룬다 해도."라는 마지막 발화로 작품을 마감한다. '불립문자不立文字'는 도의 깨달음을 문자나 말로써 전하는 것이 아니라 마음에서 마음으로 전한다는 뜻의 불가의 말이다. 그렇다. '한 컷의 눈', 즉 하나의 이미지로 조감하여 보는 풍광이 '어설픈 말'보다는 오히려 감각적으로 더 잘 전달될 수 있다.

시는 끝이 났다. 우리는 이제 시인의 깊은 사유를 통하여 그가 추구하는 시세계를 인지하게 된다. 점도 선도 면도 모두 형상의 일부다. 그러나 각자의 프레임이 따라 그 형상은 달리 보이고 달리 해석될 수 있다. 소녀가 개구리를 보고 "저만의 시니피에"를 발화하는 것과도 같다. 시인은 "좀처럼 승부를 내지 못하는" 자신의 시 쓰기의 어려움을 토로한다. 그리고 '이미지', 즉 심상에 방점을 찍는다. 인간의 경험은 우선적으로 오관을 통한 외부세계에 대한 '감각적 지각'이다. 그렇게 대상을 감각적으로 지각하도록 자극하는 말이 곧 '심상'이다. 이는 시적 심상의 가장 큰 부분인 '비유'로, 더 나아가 '상징'으로 전개된다. 그리하여 시인은 공중을 나는 독수리의 날카로운 눈으로 이미지를 포착하여 "형상의 기호를 해석"하고자 하는 것이다.

2

작품은 대충 위와 같이 독해된다. 그런데 위 작품은 어디까지나 언어예술의 하나인 '시'다. 따라서 우리는 작품을 좀 더 깊이 있게 검토하여 시 작품으로서의 언어적 특징과 함께 그에 대한 여러 예술적 장치를 발견할 필요가 있다.

우선 시제 「기호의 기하학」을 주시한다. '기호'는 의사를 전달하기 위해 사용하는 갖가지 '형상'을 의미하고 '기하학'은 도형 및 공간에 관한 성질을 연구하는 수학의 한 부문을 말한다. 그런데 도형은 점, 선, 면 따위가 모여 이루어진 '형상'을 가리키고, 물론 '공간'에 위치한다. 그렇다면 기호와 기하는 형상과 관련하여 밀접한 내적 연계를 하게 된다. 이런 사실은 작품의 본문에서도 여기저기 산재하여 나타나고 있다. 한 가지 더 주목할 점은 '기호'와 '기하'가 'ㅗ'와 'ㅏ'라는 모음 한 자만 다를 뿐인 '유음이의어'라는 점이다. 이는 시적 긴장과 함께 '아이러니

창출'의 여지를 보여주고 있다.

그런데 이 작품에는 문제가 하나 있다. 그것은 '시니피에' '기호' '독해' '이미지' '추상' '불립문자' 등과 같은 추상적이고 관념적인 어휘들이 대거 등장하고 있다는 점이다. 이런 말은 일반적 서정시와는 거리가 멀어도 한참 먼 어휘들이다. 그래서 필자도 이 글 초입에서 어떻게 독해해야 할지 당황스럽다고 말한 바 있다. 그러나 시인은 자신이 강조하는 오관을 통한 감각적 '심상언어'의 활용으로 이런 우려를 불식시키고 있다. '푸른 맥이 흐르는 그 애의 실핏줄' '푸른 잎으로 떨어지는 다면의 기호들' '드론에 실린 그의 눈'과 같은 문장들은 얼마나 선연한 이미지로 우리의 감각을 자극하며 다가오는가.

심상이 보다 시적으로 전개되면 '비유metaphor'로 나타난다. 비유는 어떤 형상을 그것과 비슷한 것과 빗대어 말하는 수사법으로, 문학이 궁극적으로 삶의 모습을 빗대어 표현한 것이라면 모든 문학은 장르와 관계없이 비유의 특성을 가진다고 할 수 있다. 특히 비유는 언어의 경제성을 극대화하고 그 뜻을 생생하게 표현하고자 하는 시에서 가장 두드러지는 것으로 '시는 곧 비유'라 해도 과언이 아닐 정도다. 우리는 작품 첫 행부터 "개구리 같은 소녀"라는 비유를 본다. 이를 직유simile라고도 부르지만 이런 수사학적 구분은 크게 개의할 필요는 없다. 비유는 우선 서로 다른 두 가지 사실에서 연관성을 발견하는 데서 시작되고 이는 유추의 과정을 통해 찾아진다.

확실히 '개골개골' 개구리와 "재잘거리는" 소녀는 서로 유추할 만한 관계가 충분하다. 작품에는 이외에도 "개소리 같다" "연금술사처럼" 등과 같이 '~처럼' '~같이'와 같은 보조수단을 사용하여 비유하는 직유들이 눈에 띤다. 그런데 아무래도 이런 경우는 비유 주체와 그 대상 사이의 거리는 가까울 수밖에 없고 그 신선도는 떨어지게 마련이다. 평범한 일상어로 들리기 쉽다는 말에 다름 아니다.

모든 비유가 명확한 유추관계를 가지는 것은 아니다. 또한 문학에서 그것이 꼭 바람직한 것도 아니다. 오히려 시적 언어의 암시성과 모호성이 개재되어 기대와 예상을 벗어나는 의외의 비유가 그 효과도 훨씬 크고 독자의 주목도 받게 된다.

"그 애의 실핏줄에 푸른 맥이 흐른다."라는 강한 심상의 문장에 시선을 집중해보자. '그 애'는 첫 행에 나오는 '개구리 같은 소녀'다. 그런데 '그 애'는 둘째 연의 "연금술사처럼 언어의 칼을 벼리는" 소녀이기도 하다. 그래서 "저만의 시니피에"까지 던질 수 있는 총명한 소녀가 된 것이 아닌가. 이런 유추를 통해 우리는 서로의 관련성을 발견한다. 비유에서 표현하고자 하는 주체를 '원개념'이라 하고, 그것에 비유되는 객체를 '매체개념'이라 부른다. 그렇다면 결국 '시니피에를 던지고 가는 소녀'는 원개념이 되고, 인용된 문장의 '실핏줄에 푸른 맥이 도는 아이'는 매체개념이 되어 놀랍고 신선한 비유로 작동하고 있는 것이 아닌가.

'푸른 잎으로 떨어지는 다면의 기호들'은 그것들의 기표와 기의와의 합에 "좀처럼 승부를 내지 못하는 나"의 안타까움을 비유하고, '드론에 실린 눈'은 하늘의 독수리가 포착한 순간의 이미지로 형상의 기호를 해석하고자 하는 바람을 비유하고 있다. 물론 이런 경우 비유 주체와 객체의 관계는 유사성·인접성 대신 매우 묵시적이고 간접적이라고 할 수 있다.

이제는 시인이 구사하는 어휘에 대해 살펴보자. 말은 일정한 지시적 의미를 갖게 되는데 그것은 언어공동체의 묵계와 관습에 의해 결정된 것이다. 또한 지시적 의미 외에도 어휘는 각기 특유한 함축을 가지고 있는데 이 역시 공동체의 동의로 형성된 것이다.

지시적 의미와 함축의 차이는 동의어를 검토해 보면 확실해진다. 우리는 작품에서 똑같은 '여성'을 지시함에도 불구하고 '소녀' '그 애' '그녀'라는 서로 다른 세 호칭을 발견하게 된다. 세 어휘는 같은 말이지만 우리는 미묘한 감각상의 차이를 느낀다. 말의 함축이 서로 다르기 때문이다. 여기에 같은 여자를 가리키는 '여인'이란 말은 없다. 이는 '성인이 된 여자'를 말하는 것이기 때문이고, 따라서 세 호칭은 모두 '성숙하지 않은 어린 여자아이'를 의미하고 있음을 알게 된다. 동시에 우리는 견인된 어휘들의 '걸맞음에서 나오는 조화'를 감지하게 된다. 첫 번째 어휘인 '소녀'는 비 오는 날 볼 수 있는 그냥 일반적인 어린 여자다. 두 번째 '애'는 아이의 준말로 하대하는 말이다 "재잘거리는" 아이의 모습과 잘 어울린다. 세 번째의 '그녀'는 나이와 태생, 빈부귀천과 관계없이 모든 여자에게 사용되는 인칭대명사다. 물론 "연금술사처럼 언어의 칼"을 벼리는 여자에게도 얼마든지 불릴 수 있는 어휘다. 우리는 이들 세 어휘를 통해 시에서의 함축의 무게가 얼마나 큰 것인지 재확인하게 된다. 특히 '그 애'라는 말은 얼마나 친화적인 요소로 작품에 작용하고 있는가. 여기서 우리는 외국시의 번역이 반역으로 끝난다는 우스갯말이 이런 시언어의 함축에서 비롯된다는 것을 다시 한번 상기하게 된다.

시인이 구사하는 언어와 관련하여 특별히 언급해야 할 것이 하나 더 있다.

원래의 시 언어는 인간의 절실한 정감을 토로하는 투박하고 직정적인 말로 생활에 밀착한 언어였을 것이다. 이는 여러 광대타령이나 지방의 노동요, 상여노래 같은 민요를 들어보면 쉽게 짐작할 수 있다. 여하튼 사람들에게 호소력을 갖고 애송되는 시는 대체로 모국어의 기초적인 어휘, 즉 어렸을 때부터 익히 알고 있는 어휘로 되어 있는 경우가 많다. 이런 기층언어는 심층에 자리 잡고 있어 호소력도 강하고 함의도 풍부하다. 의식이 미치지 못하는 영역에서 순식간에 우리의 정감과 태도를 결정하는 이런 언어는 다급할 때 절로 튀어나오는 개인적 차원의 사투리와도 같다.

그런데 작품에는 시니피에, 프레임 같은 외래 전문지식언어는 물론 교양체험과 함께 얻어지는 수많은 후기 습득언어들이 나열되고 있다. 이런 언어는 실생활과는 유리되어 있으므로 아무래도 시의 호소력은 물론 정감과 함의도 현격히 떨어지게 마련이다. 그러나 바로 앞서 말한 투박하고 직접적인 기층언어들이 이 문제를 해소하고 있다. 작품에는 "개구리 같은 소녀"가 발화하는 "18"과 "개소리"라는 어휘가 등장한다. 이 말을 그대로 발음하면 상스런 욕이 된다. 우리는 갑작스런 이런 발화에 흠칫 놀라며 눈을 크게 뜬다.

시의 언어는 일종의 원시주의를 내포하고 있다. 특히 이런 기층언어는 삶의 외경과 신비, 그 뜨거움과 한기를 직접성과 구체성을 구현하며 우리의 온몸에 그대로 치고 들어온다. 그래서 우리는 어린 소녀의 갑작스런 상소리에 긴장하며 눈을 크게 뜨는 것이다.

시어와 관련하여 시는 아름다운 언어로 만들어진다는 우리가 흔히 갖는 오해 하나를 지적할 필요가 있을 것 같다. 시는 즐겁든 고통스럽든 인간의 모든 경험을 소재로 삼는다. 마찬가지로 아름다운 어휘뿐 아니라 비어, 속어는 물론 상스런 어휘도 얼마든지 시의 언어가 될 수 있다. 아무리 더러운 언어도 연금술사 같은 시인의 연마를 거치고 나면 보석처럼 빛을 발하게 되는 것이다. 만약 소녀의 이런 발화가 없었더라면 작품은 지적이지만 무미건조하게 되고 말았을 것이다. 소녀의 짧은 발화는 흑암의 배경에서 반짝이는 영롱한 보석의 역할을 하고 있다. 이런 말을 과감하게 작품에 견인한 시인에게 박수를 치고 싶다.

3

작품 한 편을 붙들고 이미 많은 지면을 할애하고 있다. 나에게는 하나의 신조가 있다. 문학은 삶에서 구할 수 있는 즐거움의 하나이고 비평가는 당연히 작품의 아름다움을 밝혀 독자와 함께 즐겨야 한다는 것이다. 아주 독특하게 읽혀지는 신남영의 작품들은 전체적으로 의식의 토로 방식이나 그 표현방법에 균질성을 보이고 있다. 따라서 많은 작품을 인용하여 평을 하고자 욕심낼 일이 아니라 작품 하나라도 성실한 수고를 바쳐 제대로 읽어내야 독자들의 이해는 물론 다른 작품들의 독해에도 결정적 도움을 줄 수 있다는 믿음을 갖게 된 것이다.

비 오는 저녁
클라라 하스킬을 듣는다

단 한 번의 헛디딤으로
생을 건너가 버린 피아니스트
난 그녀의 낭떠러지를 가 본 적 없으니

그녀가 들려주는 모차르트는
영혼을 잠시 맡겨놓은 자신의 흑백 사진처럼
빛과 어둠의 곡선들로 오래도록 흔들린다

그리 굽어버린 등에도
건반을 걷던 그녀의 손가락은
소리의 뼈들을 하나씩 일으키고
죽음을 건너 또 다른 곳으로 나아간다

너무 많은 헛디딤에도 여전히 살아있는
내 발목은, 비루한 걸음으로
찰나에 스러질 분토糞土를 걷고 있을 뿐

훗날 혹여 천산天山의 눈길 지나
그녀가 쓰러진 브뤼셀역쯤 가게 된다면
뒤돌아볼 것 없는 길이라고, 고요히
어둠에 들어갈 시간을 기다리고 있을까

비 오는 저녁
클라라 하스킬을 듣다 보면

흰빛과 검은빛 사이를
건너가는, 네 마른 발목이 보인다
                    —「마른 발목이 보인다」 전문

인간의 몸, 그중 몸의 표면만을 지칭하는 말도 수없이 많다. 눈, 코, 입, 귀, 손, 발, 목, 어깨, 가슴, 배, 허리, 다리 등. 이들 명칭에는 또한 그 세부적인 곳을 말하는 몇 개씩의 어휘들을 수반한다. 다리만 해도 허벅지도 있고 장딴지도 있고 무릎도 있다. 발만 해도 발등, 발바닥, 발가락, 발톱은 물론 복상씨까지 있다. 정말 많은 어휘들이 우리 몸의 각 부위를 지칭하고 있다. '발목'은 다리와 발을 잇는 관절 부분으로 어찌 보면 다리와 발 모두에 해당하는 특별한 어휘다. 가끔 '발목 잡히다'와 같이 어떤 일에 사로잡혀 벗어나지 못하는 것을 뜻하는 관용구로 쓰이는 어휘다. 그런데 이 어휘는 작품의 제목, 「마른 발목이 보인다」에 견인되고 있고, 이는 작품의 마지막 문장으로 그대로 반복되고 있다. 게다가 '마른' 발목이다. 허약한 육체가 떠오르고 따라서 비운과 고난 속에 살아야 했던 한 인간의 삶이 연상된다.

첫 연에 느닷없이 '클라라 하스킬'이 등장한다. 순간 독자는 당황한다. 둘째, 셋째 연을 읽고 나서야 이 말은 '모차르트'를 특별히 잘 연주했던 '피아니스트'를 가리키는 '여성의 이름'이라는 사실을 알게 된다. 이게 전부다. 독자의 빠른 독서와 그 이해를 위해 이 사람이 누구인지 소개할 필요가 있다.

클라라 하스킬Clara Haskil(1895~1960)은 루마니아 태생으로 7세에 빈에서 데뷔, 14세 때 파리 음악원을 수석으로 졸업하는 천재적 재능의 소유자였고, 모차르트를 연주하기 위해 태어났다고 불릴 정도로 모차르트 전문 피아니스트였다. 그러나 갑자기 찾아든 병인 '다발성 경화증'으로 시련을 겪기 시작해 20대에 이미 허리가 굽어지기 시작했다. 1960년 겨울에 벨기에 브뤼셀에 연주하러 갔다가 역에서 심장마비로 쓰러지고 다음 날 숨을 거두었다.

이 정도의 정보로도 작품 읽기의 속도는 빨라진다.

첫째 연에서 화자는 비 오는 날, 그것도 저녁나절 클라라의 피아노 연주곡을 듣고 있다. 아주 서정적인 분위기다. 둘째 연의 "단 한 번의 헛디딤으로/ 생을 건너"간 사람은 바로 이 곡을 연주한 피아니스트다. 이어지는 연에서 화자는 아주 미려한 문장으로 "그녀가 들려주는 모차르트"를 설명한다. "영혼을 잠시 맡겨놓은 자신의 흑백 사진처럼/ 빛과 어둠의 곡선들로 오래도록 흔들린다"고. 그리고 다음 넷째 연에서 "굽어버린 등"이었음에도 "건반을 걷던 그녀의 손가락은/ 소리의 뼈들을 하나씩 일으키고/ 죽음을 건너 또 다른 곳"으로 나아갔다고 말한다. 아름다운 심상과 비유가 빼어난 문장이다.

5연과 6연에서 시적 화자는 피아니스트를 향한 서술 대신 시인 자신인 '나'에게로 시선을 돌린다. 그녀는 단 한 번의 헛디딤으로 생을 마쳤지만 나는 "많은 헛디딤에도" 아직 살아있고 또한 "비루한 걸음으로" 여전히 썩은 흙 위를 "걷고 있을 뿐"이다. 그리고 스스로에게 묻는다. 만약 긴 여정 끝에 "그녀가 쓰러진 브뤼셀 역쯤 가게 된다면" 자신도 고요히 "어둠에 들어갈 시간을 기다리고 있을까"라고. 스스로를 돌아보며 성찰하고 있는 것이다.

　마지막 연은 "클라라 하스킬을 듣다 보면"이라고 조건절로 변화된 문장일 뿐, 첫 연의 "클라라 하스킬을 듣는다"를 그대로 반복하고 있다. 그 결과 "흰빛과 검은빛 사이를/ 건너가는 네 마른 발목이 보인다"며 화자는 작품을 끝낸다. 여기서 '네 발목'은 누구의 것인가. 4연까지 화자의 의식은 피아니스트를 향하고 있지만 5 · 6연에는 자신을 향하고 있다. 따라서 이 빈약한 발목은 화자의 것이기도 하고 피아니스트의 것이기도 하다. 시인은 비운의 피아니스트의 모습을 내적 심사와 연계시켜 자신에게 투사하고 있는 것이다. 쓸쓸한 여운이 감돈다.

　　4

　이 작품의 주인공은 '클라라 하스킬'이라는 여류 피아니스트다. 나는 이 이름을 듣는 순간 당황했다고 고백했다. 내 무지의 탓도 있겠지만 웬만한 음악애호가가 아니라면 생소한 이름인 것은 사실이다. 솔직히 해설을 쓰기 위해 공부 좀 했다. 그리고 독자의 이해를 돕기 위해 앞에서 간략하게 그녀에 대해 소개도 했다. 그 과정에서 이 피아니스트는 모차르트 특유의 생명력 넘치는 감각과, 자유로운 악상樂想의 비상을 천재적으로 표현한 연주자였다는 것을 알게 되었다. 시인은 이런 지식을 오래전부터 잘 알고 있음이 분명하다. 때문에 "그녀가 들려주는 모차르트"는 우리의 영혼을 "빛과 어둠의 곡선들로 오래도록 흔들"리게 하고, "소리의 뼈들을 하나씩 일으"켜 "죽음을 건너 또 다른 곳"으로 나아가게 한다고 감각에 강하게 파고드는 명문장을 쓰게 된 것이 아닌가.

그런데 이런 경우는 이 작품뿐이 아니다. 「검은 허공을 켜는」이라는 작품에서는 '재클린 뒤 프레'라는 첼리스트가 등장하여 또 다른 지적 시편을 빚어내고 있다. 「쇼팽을 듣는 밤」이라는 작품도 있다. 여기서 필자는 '상호텍스트성'을 상기하지 않을 수 없다.

재클린 뒤 프레(1945~1987)는 영국 옥스퍼드 태생으로 5살 때부터 런던 첼로 학교에 입학해 수학했다. 62년 BBC 오케스트라와 함께 '엘가의 첼로 협주곡'을 연주했고, 이것이 평론가와 대중에게 폭발적인 반응을 일으키면서 이 곡은 뒤 프레를 대표하는 불멸의 레퍼토리가 되었다. 이후 66년 미국 데뷔 무대에서 지휘자 다니엘 바렌보임을 만나 결혼하고 둘은 협연 공연을 위해 전 세계를 다녔다. 한창 왕성하게 활동하던 71년, 갑자기 전신 통증이 닥친 그녀에게 '다발성 경화증'이라는 진단이 내려진다. 몇 년 후 전신 마비가 왔고, 결국 1987년 비운의 첼리스트는 끝내 42세의 나이로 생을 마감했다.

이와 같은 그녀의 생애는 작품 「검은 허공을 켜는」이라는 작품에서 그대로 반영되고 있다. "심장을 찢어내는 너의 첼로 소리" "떨어지는 잎들의 사이마다/ 통증의 협주곡으로 새겨진다" "날마다 어두워지는 눈과 굳어져 가는 사지가/ 내일의 무덤을 부를 뿐"과 같은 문장은 강력한 심상으로 그녀의 어두운 삶을 표현하고 있다. 그녀에 대해 잘 알지 못하는 사람이라면, 어느 사람도 쓸 수 없는 문장이다. 그리고 시인은 이 작품에서도 자신을 비운의 첼리스트에게 투사한다.

> 훗날 누군가 내 현의 소리에도/ 귀를 기울이는 이가 있을까/ 다하지 못한 너의 활은 부러진 채로/ 검은 허공의 몸을 켜고 있다
>
> ―「검은 허공을 켜는」 마지막 연

첼리스트의 삶도 비극적이었지만 화자의 노래 역시 너무 슬픈 곡조가 아닐 수 없다. 그런데 우리는 뒤 프레와 하스킬과의 운명적 유사관계에 놀라움을 금치 못한다. 둘 다 클래식 음악의 연주자였다. 더구나 둘 다 같은 병으로 신음하다가 역시 같은 병으로 숨지고 말았다.

놀랍게도 위 작품들은 섬세하고 화려한 피아노곡을 지어 '피아노의 시인'으로 불렸던 폴란드의 작곡가이자 피아니스트인 '쇼팽'과도 연결되고 있다.

> 검붉은 꽃잎이 떨어지듯 달밤에 연서를 품은 말이 달리듯 닿지 못한 입술의 살에 마른 피가 맺히듯 가슴을 밟는 것은 건반 위에 쓴 그의 시들, 어두운 꿈길의 새벽을 지나

아침이 올 때까지 밤마다 마른 잎 같은 몸을 덮어준다. 녹
턴을 사랑한 누군가도 이른 나이에 그를 따라 떠났지.
– 「쇼팽을 듣는 밤」 부분

신남영의 심상은 독특하고 강력하다. 앞에서도 이에
대해 몇 번 언급했지만, 그의 시의 가장 큰 특징이자 장
처는 바로 이런 심상과 비유들의 집합이라고 본다. 작품
에는 "꽃잎이 떨어지듯" "말이 달리듯" "피가 맺히듯"이
라는 비유가 연속적으로 나타나고 있다. 이들 비유들은
무엇을 표현하고자 하는 것인가. 바로 "건반 위에 쓴 그
의 시들"이다. 그런데 이 말 역시 비유다. '건반 위의 시
들'은 바로 쇼팽의 '피아노곡'을 비유하고 있는 것이 아닌
가. 그것들은 "꿈길의 새벽을 지나 아침이 올 때까지" 밤
마다 우리의 "마른 몸을 덮어준다." 특히 그의 "녹턴을
사랑한" 사람들에게.

흔히 야상곡夜想曲으로도 불리는 녹턴Nocturne은 피아노
를 위하여 작곡된 정교하고 세련된 소품들로 그 감미롭
고 서정적인 선율은 청자에게 깊은 감상의 세계로 빠지
게 한다. 특히 '녹턴 작품9 제2번'은 곡명은 모를지라도
우리가 모두 일상에서도 자주 듣고 애호하는 곡이다. 위
의 인용문은 녹턴을 듣는 화자가 한밤의 정취와 함께 꿈
꾸듯 그 느낀 바를 그대로 노래한 것에 다름 아니다.

그런데 주지하는 바와 같이 쇼팽도 39세의 "이른 나이
에" 결핵으로 세상을 떠났다. 어떻게 세 천재 음악가들

은 이처럼 똑같이 병마의 고통 속에 떠나가야만 했단 말
인가. 그래서인가. 시인은 "비 내리는 밤"에 쇼팽을 듣고
있고, "비 오는 저녁"에 하스킬을, "배롱잎 흩날리는 가
을밤"에 뒤 프레를 듣고 있다. 시간을 지시하는 이 세 문
장들은 동시에 각 작품의 서두이기도 하다. 모두가 우울
하고 가라앉은 분위기의 배경이다. 또한 시인은 하스킬
에게서 "마른 발목"을 보고, 뒤 프레에게서 "내일의 무
덤"을 보고, 쇼팽에게서는 "검붉은 꽃잎이 떨어"지는 것
을 보고 있다. 역시 밝고 환한 정서와는 거리가 먼 슬프
고 어두운 분위기다. 이처럼 세 작품은 긴밀한 '상호텍스
트성'으로 연결되어 있다.

5

우리는 '언어'와 관련한 시와, '음악'과 관련한 시를 읽
었다. 작품에 견인되고 있는 어휘들만 보더라도 모두가
지적 전문성을 띤 작품들이었다. 소위 '사랑'과 같은 인
간의 정감을 파고드는 시는 없는지 의문이 들 정도였다.
여기 '사랑'이란 말 하나 없이 애절한 사랑을 노래하고
있는 작품이 있다.

늘 시차를 안고 살아야 하는
넌 어느 별에서 왔을까

끊어질 듯 이어지는 너의 메시지는
새벽을 건너온 지친 목소리로
무겁게 쓰러지고 만다

아마 처음으로 내게 건너온
너의 메시지는 박하향 나는
캔디맛 같은 것

잠시 스쳐 간 손길이라도
한때는 굳게 다짐했던 약속도
이제는 네가 멀어져 갈수록
허공에 사라지는 별빛이 되겠지

너는 이제 명왕성에 간다는 것일까
그곳은 너무 멀고도 추운 곳
적막한 흑암의 공간을 비행하듯
네 앞에 놓인 삶의 궤도는
또 어찌 그리 아득할 것인지

산다는 것이 따스한 빛과 물이 있는
저만의 숲길을 찾아가는 것이라면
눈과 얼음의 길을 지나
우리는 어느 먼 별에서라도
다시 만날 수 있을까

지금은 함께 갈 수 없다 해도
시간과 공간이 휘어버린 그런
행성 하나쯤 있다면

— 「명왕성 소녀」 전문

　명왕성은 지구에서 가장 '멀리' 떨어진, 가장 '작고 외로운' 소행성이다. 크기는 달보다도 작고 지각 대부분이 얼음과 바위로 구성되어 있다. 1930년 발견된 이후 '태양계의 아홉 번째 행성'으로 인정되었으나 그나마 2006년 국제천문연맹의 행성분류법이 바뀜에 따라 이 외로운 별은 행성의 지위조차 잃고 지금은 '소행성134340'이란 공식명칭으로 불리고 있다

　이 작고 쓸쓸한 별이 시인의 아픈 사랑의 대상으로 비유되고 있다.

　첫 연에서부터 소녀는 "늘 시차를 안고 살아야 하는" 사람으로 표현된다. 천문학적 전문용어로도 설명할 수도 있겠으나 쉽게 가자. '시차'에는 일반적으로 두 가지 뜻이 있다. 지역에 따라 시간 차이가 있는 '시차時差'와, 같은 물체라도 다른 두 곳에서 보았을 때 서로 달리 보이는 '시차視差'가 있다. 어떤 경우라도 두 사람 사이에는 문제가 있다.

　처음에 건너왔던 소녀의 메시지는 "박하향 나는/ 캔디 맛 같은 것"이었으나 이제는 "새벽을 건너온 지친 목소리"가 되어 "끊어질 듯" 사라지고 만다. '시차時差' 때문인

가. 한때 "굳게 다짐했던 약속"으로 보였던 것도 이제는 "허공에 사라지는 별빛"이 되고 만다. '시차視差' 때문인가.

여기까지가 두 사람이 처한 현재 상황이다. 그런데 다섯째 연에서 화자는 "너는 이제 명왕성에 간다는 것"이냐 묻고 있다. 그리고 그곳은 "적막한 흑암의 공간을 비행"해야 갈 수 있는 "너무 멀고도 추운 곳"이라며, "네 앞에 놓인 삶의 궤도"는 또 얼마나 아득할 것인지 걱정을 하고 있다. 명왕성에 대해 좀 더 알아볼 필요가 있다. 이 명칭은 '명부冥府'의 왕, 즉 저승 세계의 지배자 플루토Pluto에서 따왔다. 그래서 '밝을 명明'자 대신 '어두울 명冥'자를 쓴다. 이 명칭은 아직 그대로 '명왕성'이다. '행성의 지위'를 박탈당한 것이지, 태양계 밖으로 나간 것도 아니고 이름까지 빼앗긴 것은 아니기 때문이다. 그럼에도 이 슬픈 별은 '태양계의 행성'으로 다시 복귀될 가능성이 없다. 화자는 천왕성도 해왕성도 아니고 가장 멀고 외로운 명왕성으로 가려 하는 사랑하는 사람을 염려하고 안타까워하지 않을 수 없는 것이다.

그러나 화자는 어떤 경우에도 절망하지는 않는다. 일곱째 연에서 화자는 "산다는 것이 따스한 빛과 물이 있는/ 저만의 숲길을 찾아가는 것"이라며 두 사람도 어렵고 험한 길을 지나 마침내 "어느 먼 별에서라도" 반드시 "다시 만날 수" 있을 것이라는 희망의 끈을 놓지 않는다. 화자는 마지막 연에서 상대성 이론까지 언급하며 자신의 희망을 재천명한다. 즉 "시간과 공간이 휘어버린" 별이 있다면 둘은 반드시 다시 만날 수 있다는 것이다. 시공이 휜다면 당연히 만날 것이다. 그러나 현실적으로 그것이 가능할 것인가. 우리는 그의 간절한 희망에 박수로 동의하면서도 한편으로는 강한 안타까움을 느낀다.

작품은 끝났다. 앞서 말한 것처럼 '사랑'이란 말 하나 없는 작품이지만 우리의 가슴에는 그 사랑의 애절함이 긴 여운을 남긴다.

6

작품들은 전체적으로 밝고 환한 정서와는 거리가 먼 슬프고 어두운 분위기다. '18'이란 저만의 시니피에를 발화하던 소녀도, 병마의 고통 속에 일찍 떠나가야만 했던 천재 음악가도, 멀고 외로운 명왕성으로 떠나려는 '너'라는 사랑도 모두 아픔이 내재하고 있다. 사실 많은 사람이 살지만 모두가 부대끼며 사는 게 세상살이다. 있거나 없거나, 높거나 낮거나 앞 단추 하나만 열어보면 누구나 아픈 한숨이 서려 있다. 그러나 직선으로 뻗은 대로도 좋지만 산 따라 물 따라 돌아가는 길이 때로는 더 아름다운 것도 사실이 아닌가. 좋은 독서였다.

황금알 시인선